Un agradecimiento especial a Cherith Baldry

Para Adam Dawkins

DESTINO INFANTIL Y JUVENIL, 2013
infoinfantilyjuvenil@planeta.es
www.planetadelibrosinfantilyjuvenil.com
www.planetadelibros.com
Editado por Editorial Planeta, S. A.

© de la traducción: Macarena Salas, 2013

Título original: *Stealth. The Ghost Panther*
© del texto: Working Partners Limited 2009
© de la ilustración de cubierta e ilustraciones interiores:
Steve Sims - Orchard Books 2009
© Editorial Planeta, S. A., 2013
Avda. Diagonal, 662-664, 08034 Barcelona
Primera edición: junio de 2013
ISBN: 978-84-08-11337-9
Depósito legal: B. 11.035-2013
Impreso por Liberdúplex, S. L.
Impreso en España – Printed in Spain

El papel utilizado para la impresión de este libro es cien por cien libre de
cloro y está calificado como **papel ecológico**.

SIGILO,
LA PANTERA FANTASMA

ADAM BLADE

La Tierra Prohibida

EL VALLE DE LA MUERTE

LA JUNGLA DE LA MUERTE

EL BOSQUE OSCURO

LOS PICOS DE LA MUERTE

IRA

¡*Salve, seguidores y compañeros en la Búsqueda!*

Todavía no nos hemos conocido, pero, al igual que tú, he estado siguiendo de cerca las aventuras de Tom. ¿Sabes quién soy? ¿Has oído hablar de Taladón el rápido, Maestro de las Fieras? He regresado, justo a tiempo para que mi hijo, Tom, me salve de un destino peor que la muerte. El perverso brujo Malvel me ha robado algo muy valioso, y sólo podré regresar a la vida si Tom consigue completar una nueva Búsqueda. Mientras tanto debo esperar entre dos mundos, el humano y el fantasma. Soy la mitad del hombre que era, y sólo Tom puede devolverme a mi antigua gloria.

¿Tendrá Tom el valor necesario para ayudar a su padre? Esta nueva Búsqueda es un reto incluso para el héroe más valiente. Además, para que mi hijo venza a las seis nuevas Fieras, puede que tenga que pagar un precio muy alto.

Todo lo que puedo hacer es esperar a que Tom triunfe y me permita recuperar todas mis fuerzas algún día. ¿Quieren ayudar con tu energía y desearle suerte a Tom? Sé que puedo contar con mi hijo, ¿y contigo? No podemos perder ni un instante. Esta misión tiene que seguir adelante y hay mucho en juego.

Todos debemos ser valientes.

Taladón

PRÓLOGO

Luke se asomó cautelosamente por la esquina de la calle. No se veía ningún movimiento, salvo un gato que saltó por encima de los adoquines y desapareció entre dos edificios de la acera de enfrente. Todos los habitantes de la ciudad de Avantia se habían ido a dormir hacía mucho tiempo.

La luna emitía una débil luz sobre la calle, pero unas sombras oscuras acechaban en las esquinas. Por encima de los tejados de las tiendas y las casas, Luke veía los torreones morados del palacio del rey Hugo. Tembló al preguntarse si el Brujo Aduro estaría en algún lugar escondido, observando todo lo que sucedía en la ciudad.

Una mano le pegó un fuerte empujón en la espalda. El chico miró por encima del hombro y vio a su maestro, Bill.

—¿A qué esperas? —preguntó Bill—. ¡Muévete!

—Sólo estaba observando —musitó Luke con resentimiento.

Miró hacia arriba; el cartel de la posada que había sobre su cabeza mostraba un dragón escarlata que lanzaba fuego por la boca. Bill señaló un montón de barriles apiñados contra la fachada de la posada.

—Vamos, trepa —ordenó.

Luke no se movió. Trepar le resultaba fácil. Por encima del montón de barriles había una cañería de desagüe que pasaba al lado de la celosía abierta de una ventana. Sin embargo, le daba miedo lo que podría pasar si se metía y alguien lo encontrara dentro.

—¡He dicho que trepes! —Bill le pegó a Luke un empujón tan fuerte que lo hizo caer de rodillas—. Eres joven y para ti es fácil llegar hasta allí. Entra y baja a abrir la puerta para que yo pueda entrar. —Sonrió y se frotó sus mugrientas manos—. Esta noche conseguiremos un buen botín y tú recibirás tu parte.

Luke se puso de pie y cojeó hacia el montón de barriles. No se atrevía a desobedecer a Bill. Su maestro era un hombre grande, de anchos hombros y un aspecto temible.

«Yo no quería convertirme en un ladrón —pensó Luke apesadumbrado cuando empezaba a subir por el desagüe—. ¿Cómo he acabado así?»

Mientras trepaba, le pareció oír unas débiles pisadas por la calle y el chasquido de un látigo en el aire. Después oyó las botas de Bill sobre los adoquines. La voz de su maestro se alzó en un grito que se extinguió repentinamente, como si se hubiera ahogado.

Luke miró por encima del hombro. Bill estaba tumbado boca abajo en la calle. Un charco de sangre manaba lentamente desde su frente, con un brillo negro como la tinta que resplandecía bajo la luz de la luna.

«¿Estará muerto?» Luke se quedó petrificado de miedo en la cañería.

Un momento después, Bill se movió, se puso de rodillas, y después, de pie.

—¿Qué ha pasado? —preguntó Luke en voz baja—. ¿Estás bien?

Bill no contestó. Se tambaleó hacia adelante y señaló a Luke con un dedo tembloroso.

—¡Eres un ladrón! —espetó con los ojos entrecerrados—. ¡Le voy a contar a tus padres a lo que te dedicas!

Luke lanzó un grito de horror. Sus padres no soportarían la humillación de saber que su hijo salía de su casa por la noche para ir a robar con Bill. Éste siempre había sido duro con él, pero nunca tan cruel. ¿Qué le había pasado?

—No puedes... —empezó a decir.

Su protesta fue interrumpida por un aullido escalofriante que resonó en las calles de la ciudad. Parecía el aullido de un gato cazando, pero era mil veces más fuerte y amenazador. Bill se quedó inmóvil al oírlo y después se dio media vuelta y salió corriendo.

Luke sólo veía la calle vacía y un par de puntos verdes brillantes que bailaban en la distancia.

—¿Qué es eso? —murmuró para sus adentros—. Parecen ojos.

Con mucho cuidado, empezó a bajar, pero se quedó de piedra al ver que los puntos verdes saltaban hacia adelante. En la noche oscura, apareció una pantera negra, enseñando sus colmillos brillantes y con la boca abierta como si quisiera tragarse a Luke de un bocado.

El joven soltó un grito ahogado y volvió a trepar por la cañería. «¿Será eso lo que ha atacado a Bill?», se preguntó mientras intentaba agarrarse a la resbaladiza superficie.

La pantera gruñó y saltó desde el suelo. Pegaba zarpazos al aire con sus garras afiladas como espadas. Sus dientes tenían estrías como el mármol, y agitaba sus tres colas en el aire. En el cuello llevaba un collar ancho de cuero del que colgaba una pieza plateada con una forma extraña.

Mientras Luke lo observaba, apareció una rata por detrás de unos barriles. Luke gritó asustado al ver cómo la Fiera extendía una de sus colas y agarraba a la rata, que chillaba aterrada. La pantera se metió al animal en su boca abierta.

La Fiera se tragó a la criatura de un bocado y se dio la vuelta para volver a mirar a Luke. Sus ojos color verde esmeral-

da brillaban intensamente en la oscuridad. Luke quería mover el cuerpo y
trepar por la cañería, pero ni los brazos
ni las piernas le respondían. Tenía la
mirada clavada en la de la Fiera mientras ésta empezaba a hacer girar una de

sus tres colas y la movía cada vez más rápido hasta lanzarla por el aire y enganchar el tobillo de Luke.

Luke agitaba la pierna con fuerza, pero no conseguía librarse de la garra de la Fiera. Intentaba inútilmente agarrarse a la pared de la posada mientras sentía que la cola tiraba de él hacia abajo.

«Me va a comer —pensó desesperadamente, soltando un grito de terror—. Me va a comer igual que se comió a esa rata.»

CAPÍTULO UNO

MALDAD EN LA CIUDAD

Tom y Elena se encontraban en la cima del volcán de Piedradura, mirando el trozo del amuleto que tenía el chico en la palma de la mano. La pieza plateada brillaba bajo la luz del sol y el trozo de esmalte parpadeaba como si fuera un ojo azul.

—Ya tenemos cinco trozos —dijo—. Sólo nos falta uno.

Se quitó la tira de cuero que llevaba en el cuello con los otros trozos del amuleto y metió el nuevo en su sitio. Una luz plateada brilló durante un breve instante; al apagarse, la nueva pieza se había fusionado con el resto como si nunca hubiera estado rota. Un hueco mostraba el lugar donde debía ir el fragmento que faltaba.

—Ya falta poco para que tu padre vuelva a ser el que era —dijo Elena.

Tom asintió lentamente.

—Pero he perdido otro de mis poderes especiales —le recordó a su amiga—. Ya no tengo el valor que me daba la cota de malla de la armadura dorada. Y ese poder me ha ayudado en muchas Búsquedas.

—¡No lo necesitas! —le aseguró Elena—. Tú tienes suficiente valor sin eso.

Tormenta, el caballo negro de Tom, resopló ruidosamente como si estuviera de acuerdo, y *Plata*, el lobo de Elena, soltó un gran aullido.

—¿Ves? —prosiguió Elena—. Ellos saben que eres valiente ante cualquier peligro. Igual que tu padre.

Tom sonrió y sintió una sensación de determinación en el pecho. A su padre, Taladón el rápido, lo había capturado el diabólico brujo Malvel. Aunque consiguió escapar cuando Tom venció por tercera vez a Malvel, ahora era un fantasma y estaba atrapado entre el mundo real y el de los espíritus. Taladón sólo podría volver a la vida cuando los seis trozos del Amuleto de Avantia volvieran a estar juntos. Pero Malvel le había entregado un trozo a cada una de las seis Fieras Fantasma. Tom ya había vencido a cinco de las seis imponentes bestias, pero todavía debía enfrentarse a la sexta. Sabía que esta última Fiera era la más peligrosa y letal de todas.

—¿Y ahora adónde vamos? —preguntó Elena.

Tom alargó la mano.

—¡Mapa! —ordenó.

El mapa fantasma que les había dado el Brujo Aduro apareció delante de él, flotando suavemente en el aire. Vieron un camino brillante que iba desde el volcán a la ciudad principal de Avantia.

—¡Ahí está el palacio del rey Hugo! —exclamó Elena—. No creo que la Fiera Fantasma se atreva a ir allí.

—No lo sé. —Una sensación fría se apoderó de Tom—. A lo mejor eso es lo que quiso decir mi padre cuando mencionó que la siguiente Fiera estaría más cerca de casa.

—Y que era más peligrosa de lo que nos podíamos imaginar —añadió la muchacha—. Debe de ser muy astuta para haberse escondido en el corazón de Avantia y acercarse al rey Hugo y al Brujo Aduro.

Tom sintió que sus manos se cerraban en puños.

—No me importa lo astuta que sea. ¡La venceremos!

Al lado de la imagen de la ciudad apareció una pequeña figura negra: una pantera del color de la noche. Miró a Tom, lanzó un rugido y lo amenazó con sus brillantes garras.

En ese mismo momento, Tom notó una brisa helada con olor a podrido. La voz del diabólico Brujo Malvel le susurró al oído:

—*Sigilo*...

—*¡Sigilo!* —exclamó Elena. Estaba claro que ella también lo había oído. Intercambió una mirada de preocupación con su amigo—. ¿Será ése el nombre de la Fiera Fantasma?

—Debe de serlo —contestó Tom—. Y teníamos razón. La Fiera está en la ciudad.

—Y eso quiere decir que no sólo debemos preocuparnos por nuestra seguridad —dijo Elena—. El rey y el resto de los habitantes de Avantia también están en peligro.

Tom sintió una mezcla de miedo y emoción en el estómago.

—Será mejor que salgamos —dijo el muchacho—. Esta Fiera podría destruir toda Avantia.

Metió la mano en el bolsillo y sacó la brújula que le había regalado su padre. Tenía dos palabras: *Destino* y *Peligro*. La levantó hacia la ciudad y observó cómo la aguja señalaba la palabra *Destino*.

—Está claro. No hay tiempo que perder —dijo cerrando la brújula y guardándola de nuevo—. ¿Cuál es la manera más rápida de llegar a la ciudad?

—El trozo de herradura de *Tagus* nos ayuda a ir más rápido —dijo Elena señalando el regalo que les había dado el hombre caballo y que estaba incrustado en el casco de Tom.

—Sí, pero debemos elegir la ruta más corta.

Tom volvió a estudiar el mapa, pero éste sólo mostraba el camino principal que se metía entre las colinas y los campos de Avantia atravesando muchos pueblos y ciudades. Movió los dedos para que el mapa se desvaneciera y miró a su alrededor pensativo. Entonces su mirada se clavó en la boca de uno de los túneles que había en la base del volcán.

—¡Mira! —gritó emocionado señalándolo—. ¿Te acuerdas de cómo conseguimos salvar a los ciudadanos de Piedradura de las llamas de *Epos* en nuestra primera Búsqueda?

—Los llevamos por los túneles hasta la ciudad —contestó Elena con un brillo

en los ojos al comprender el plan de Tom.

—Sí. —Una amplia sonrisa se dibujó en la cara del muchacho—. ¡Podemos volver a usar esos túneles!

CAPÍTULO DOS

AYUDA DEL PUEBLO

Tom salió corriendo por el camino que bajaba la ladera del volcán. «Ya no necesito la pernera de la armadura dorada —pensó—. Puedo ir cuesta abajo a toda velocidad.»

Tormenta galopaba por delante, levantando polvo volcánico con los cascos, mientras que Elena y *Plata* corrían una al lado del otro pegados a los tobillos de Tom. Al chico le gustaba la sensación del viento apartándole el pelo de la cara.

«Esto sería divertido —pensó— si no estuviéramos en medio de una Búsqueda.»

Tom redujo la marcha al llegar al pie del volcán y se dirigió hacia el bosque. Ahora él era el que iba en cabeza, metiéndose entre los árboles hacia los túneles.

Finalmente, Tom y sus amigos se detuvieron jadeando cerca de la boca del túnel más grande. El muchacho alcanzó a ver el pasadizo que se perdía en la oscuridad.

—Está muy oscuro —empezó a decir—. ¿Cómo vamos a...?

Unos gritos provenientes del pueblo lo interrumpieron.

—¡Hola!

Tom se volvió y vio a un grupo de personas que se acercaban corriendo hacia ellos. Delante iba Raymond; él fue quien llevó a su gente a un lugar seguro cuando el volcán estaba a punto de hacer erupción. Justo detrás de él iba un chico, Owen, y su madre, Nesta. Owen seguía siendo tan rubio y delgado como la última vez que lo habían visto Tom y Elena, pero ahora era mucho más alto.

—¡Son Tom y Elena! —exclamó Raymond rodeando al muchacho con sus

brazos—. ¿Qué estáis haciendo por estos lugares?

—Espero que *Epos* no vuelva a ocasionar más problemas —dijo Nesta mientras abrazaba a Elena.

—No, *Epos* ahora protege el reino —contestó Tom recordando al magnífico pájaro en llamas al que habían liberado él y Elena en su última batalla con *Blaze*, el dragón de hielo. Le dio una palmada a Owen en el hombro—. ¡Me alegro de verte otra vez!

Pero mientras hablaba con él, a Tom le pareció que los habitantes del pueblo estaban cambiados. Al abrazar a Raymond, sintió un escalofrío y le pareció que la mirada traviesa de Owen se había vuelto fría y que Nesta tenía un brillo oscuro en los ojos al separarse de Elena. La mujer llevaba las mangas remangadas como si hubiera estado cocinando y tenía un arañazo largo y rojo en un brazo.

Nesta se rió al darse cuenta de que Tom estaba observando su arañazo.

—¡No es nada! —le aseguró, y se bajó rápidamente las mangas—. Fui a coger grosellas y estaban llenas de espinas.

—Os podéis quedar con nosotros —invitó Raymond—. Nunca olvidaremos lo que hicisteis por Piedradura.

—Gracias, pero no podemos quedarnos —contestó Tom. No quería hablar de su Búsqueda por si acaso atemorizaba a la gente con las Fieras Fantasma—. Tenemos que volver cuanto antes a la ciudad y se nos había ocurrido ir por los túneles.

—¿Nos podríais dejar unas velas? —preguntó Elena.

—Podemos hacer algo mejor —respondió Raymond—. Venid con nosotros al pueblo y os daremos lámparas de aceite.

Tom y Elena intercambiaron una mirada.

—Se nos está acabando el tiempo —le murmuró el chico a su amiga al oído—. Deberíamos salir cuanto antes.

—Me temo que no nos queda otro remedio —contestó Elena. Señaló a Owen y otros niños del pueblo que habían rodeado a *Plata* y le acariciaban su grueso pelaje, mientras uno de los adultos del pueblo ya había cogido a *Tormenta* por las riendas y se alejaba con él—. Además, si no vamos al pueblo, tendríamos que buscar la manera de hacer unas antorchas.

Tom asintió.

—Eso nos llevaría más tiempo que coger las lámparas. —Se volvió hacia Raymond—. Gracias. Iremos con vosotros, pero sólo para coger las lámparas. Ya está avanzada la tarde y debemos ponernos en camino.

—¡Por supuesto! —Raymond sonrió y miró a sus compañeros—. Haremos lo que sea para ayudar.

Tom sintió otro escalofrío al ver las miradas jubilosas que intercambiaban algunos de ellos. «¿Estarán tan contentos porque les hacemos una visita?»

Raymond se puso en cabeza y se metieron por un camino que atravesaba el bosque y llegaba al camino principal del pueblo. Al final del camino había una cabaña robusta hecha de troncos. A través de la ventana, Tom vio unas estanterías llenas de provisiones. Había cajas de velas y una fila de lámparas de aceite colgadas del techo.

Raymond abrió la puerta de par en par.

—Pasad —dijo haciendo un gesto a los dos amigos—. Coged lo que necesitéis.

Tom se metió en la cabaña seguido de Elena. Seguía intranquilo; quería coger las lámparas y salir del pueblo cuanto antes.

Cogió unas cajas de velas de una de

las estanterías y se las metió en los bolsillos, mientras que Elena descolgaba dos de las lámparas de los ganchos y las llenaba con mucho cuidado con aceite de una vasija de barro.

—Esto debería ser suficiente —dijo el chico. De pronto oyó un ruido detrás de él. Cuando se dio la vuelta vio que la puerta se había cerrado.

Su intranquilidad se convirtió en un estado de alarma. Corrió hacia la puerta y tiró del picaporte. Pero no consiguió abrirla.

—¡Está cerrada con llave! —exclamó.

CAPÍTULO TRES

EL PLAN DE MALVEL

Tom y Elena fueron hacia la ventana pero era demasiado pequeña para salir por ella. Por fuera, la gente se había aglomerado y se reía. Nesta se arremangó el vestido y movió su brazo arañado delante de ellos.

—¡Grosellas! —gritó—. ¿De verdad sois tan tontos como para creéroslo? La Fiera de tres colas me hizo esta herida ¡y me siento muy orgullosa de ella!

—¡A esta Fiera no la vas a vencer!

—añadió Owen, arremangándose su camisa para mostrar un largo arañazo que iba desde el codo a la muñeca.

Tom miró a Elena, que tenía los ojos muy abiertos y una expresión de alarma en el rostro.

—¿Tres colas? —susurró—. ¿De qué Fiera están hablando?

Los que estaban alrededor de Nesta y Raymond también empezaron a enseñar las heridas que les había hecho la Fiera.

—¡Así que eso es lo que está pasando! —exclamó Tom dándole un puñetazo al alféizar de la ventana con rabia—. ¡Sabía que algo andaba mal! ¡Todos los del pueblo han cambiado!

Uno a uno se fueron yendo todos, dándoles la espalda a los dos amigos y dejándolos en su prisión. Un hombre agarró las riendas de *Tormenta* y se lo llevó. El caballo negro se alzó sobre sus patas traseras y movió los cascos en el aire a la vez que soltaba un relincho de rabia. *Plata* se lanzó hacia el hombre y le mordió en los tobillos. Con un grito de dolor, el hombre soltó las riendas. *Tormenta* se dio media vuelta y salió galopando por la calle haciendo resonar sus cascos. *Plata* iba a su lado y ambos corrieron en dirección a los túneles.

—¡Plata! ¡Plata! —gritó Elena.

—No te preocupes —dijo Tom poniéndole una mano en el hombro—. Nos esperarán en el bosque. Nunca nos han abandonado y saben que es mejor alejarse de esta gente.

Elena asintió, aunque seguía preocupada.

—Por lo menos no tenemos que preocuparnos por ellos —dijo.

—Debemos averiguar qué está pasando —decidió Tom—. Todavía me queda uno de los poderes de la armadura dorada. Puedo usar la supervista que me da el yelmo dorado para buscar pistas.

Arrastró una caja de madera hasta la ventana y se subió encima para ver mejor. «La Fiera debe de haber dejado algún rastro cuando visitó el pueblo —se dijo a sí mismo mientras se asomaba a la calle—. Tiene que haber algo que me ayude a localizarla.»

Dejó que su visión mágica recorriera la

calle y examinara las casas y las tiendas.

—¿Qué ves? —preguntó Elena ansiosa.

—Nada —contestó Tom—. Creo que no... ¡Espera! ¿Qué es eso?

Fijó la mirada más allá de la última casa del pueblo, donde terminaban los adoquines y empezaba un camino de tierra batida. En el suelo había unas huellas enormes que iban hacia los túneles.

Tom estaba muy pálido cuando se volvió para mirar a Elena.

—Huellas —murmuró roncamente—. Son enormes, como las de un felino gigante.

La muchacha frunció el ceño.

—No lo entiendo.

—Me temo que yo sí. —Tom bajó de la caja y se puso al lado de su amiga, señalando fuera de la ventana. Se maldijo por no haberlo visto antes—. Los habitantes de Piedradura normalmente no se comportan así. Nesta dijo que una Fiera con tres colas le había hecho el arañazo que tenía en el brazo. Y todos los demás también tenían cicatrices.

—¡Y en el suelo hay huellas gigantes! —exclamó su amiga, que acababa de entender lo que le decía Tom.

—Sí. La Fiera que les hizo esas heridas es la última Fiera Fantasma. ¡*Sigilo* ha atacado a los habitantes del pueblo!

Elena asintió lentamente.

—Así que en eso consiste su magia perversa... en convertir a la gente buena en mala.

Tom volvió a mirar por la ventana hacia las laderas del volcán.

—¿Te acuerdas de lo que dijo Malvel cuando vencimos a *Blaze*, el dragón de hielo? Nos prometió que nuestra siguiente Búsqueda llevaría la maldad hasta nuestra casa.

—¡Y tenía razón! —Elena apretó los puños.

—Ha mantenido su promesa —asintió Tom. Estaba muy preocupado por sus amigos de la ciudad y por la familia que había dejado en Errinel—. Malvel está haciendo lo peor que podría hacer en Avantia. ¡Está intentando que la gente sea malvada!

—Tenemos que salir de aquí —dijo la muchacha.

—Y cuanto antes. —Tom volvió a tirar del picaporte de la puerta—. *Sigilo* está en la ciudad. ¿Qué pasará si ha hecho que el rey Hugo y el Brujo Aduro se vuelvan malvados?

La cerradura no cedió ante los tirones desesperados del chico. Elena sacó una flecha de su carcaj y quitó la punta de la madera.

—A lo mejor puedo abrirla con esto —dijo mientras metía la punta en el ojo de la cerradura.

Tom la observó durante un momento,

pero su amiga no conseguía abrirla. La punta de la flecha era demasiado grande y se resbalaba todo el tiempo.

Intentando mantener la calma, el chico empezó a sacar cosas de las estanterías, tirando al suelo rollos de lino, tarros con tornillos y sacos de trigo mientras buscaba algo que le pudiera ayudar a abrir la puerta. Al observar todas aquellas cosas inútiles, la sensación de frustración le hizo hervir la sangre.

—¡No hay nada que sirva!

Elena se incorporó y se apartó un mechón de pelo de la cara.

—Es inútil —anunció.

Tom buscó por todas partes desesperadamente. Sentía un hormigueo de miedo en el estómago. Tenía que conservar la calma. «Tiene que haber una manera de salir de aquí —se dijo a sí mismo—. ¡Y pienso descubrirla!»

CAPÍTULO CUATRO

¡LA HUIDA!

Tom vio un gran gancho de hierro clavado en la viga central del techo de la cabaña. Supuso que lo usarían para colgar objetos pesados y ponerlos en las estanterías. Se imaginó que atarían una cuerda al gancho para levantar la carga...

—¡Eso es! —exclamó.

Rebuscó entre los objetos que había esparcidos por el suelo hasta que encontró un rollo de cuerda gruesa. Lo desenrolló y lanzó un extremo para pasarlo por el gancho y le dio el otro a su amiga.

—Agarra esto y prepárate —le ordenó.

Con Elena sujetando la cuerda, Tom empezó a trepar. Pero al mirar hacia arriba vio que la soga se estaba deshilachando en la parte donde tocaba el gancho de hierro.

—¡Voy a bajar! —le dijo a la muchacha—. Se va a romper.

Empezó a descender rápidamente, pero antes de que sus pies tocaran el suelo, la cuerda se partió . Con un grito de alarma, Tom cayó al suelo dándose un fuerte golpe en el hombro.

Elena soltó la cuerda y se arrodilló a su lado.

—¿Estás bien? —preguntó ansiosamente.

El chico se sentó haciendo una mueca de dolor mientras se frotaba el hombro.

—No es nada —dijo—. Pásame el escudo, por favor.

Cuando Elena le llevó el escudo, Tom sacó el espolón que le había dado *Epos*, el pájaro en llamas, y lo presionó contra su hombro. Inmediatamente, el dolor desapareció y notó una sensación fría. Respiró aliviado y movió el brazo arriba y abajo para comprobar que estaba curado del todo.

—Ya no me duele —le dijo a su amiga, que lo miraba preocupada—. El espolón de *Epos* funciona perfectamente.

Tom volvió a incrustar el espolón en el escudo y se puso de pie. Se había recuperado del golpe, pero todavía no habían encontrado la manera de salir de la cabaña.

—¿Ahora qué hacemos? —murmuró para sus adentros—. No me fío de esa cuerda.

—No me extraña —dijo Elena. Cogió

uno de los rollos de lino que Tom había tirado al suelo y empezó a hacer tiras con la tela. Después las anudó para hacer una cuerda. En cuanto su amigo se dio cuenta de lo que estaba haciendo, se arrodilló a su lado para comprobar que los nudos eran lo suficientemente fuertes.

—No es ideal —dijo Elena—, pero es mejor que nada.

—Desde luego, mejor que la cuerda —asintió Tom.

En cuanto les pareció que la cuerda de lino era lo bastante larga, Tom la volvió a lanzar hacia el gancho. Con Elena sujetando el otro extremo, saltó en el aire y se columpió haciendo un arco hacia la puerta. Puso los pies por delante, listo para el impacto.

Tom golpeó la puerta y ésta se movió, pero las tablas de madera resistieron.

—¡Inténtalo otra vez! —gritó Elena más animada.

El muchacho saltó y se volvió a columpiar hacia la puerta. Esta vez, cuando le pegó una patada, la puerta se abrió. Tom salió al exterior, entre las astillas que habían volado por todas partes. Se sentía triunfante al aterrizar, tambalearse y recuperar el equilibrio.

—¡Vamos! —apremió mirando a Elena—. Seguro que nos han oído todos los del pueblo.

Elena cogió el escudo de Tom y se lo pasó a su amigo mientras salía corriendo a su lado. En ese momento, el muchacho oyó un grito furioso que venía de la calle un poco más abajo. Un grupo de hombres salía de la taberna.

Raymond lideraba el grupo.

—¡Se están escapando! —gritó al ver a los chicos.

La multitud empezó a correr por la calle hacia la cabaña. Pero Tom estaba decidido a no dejarse alcanzar. No pensaba permitir que aquella gente malvada volviera a encerrarlos.

—¡Vamos! —gritó.

CAPÍTULO CINCO

EN LOS TÚNELES

—¿Y las velas? —preguntó Elena mientras corría a toda velocidad por la calle.

—Las llevo en los bolsillos —contestó Tom—. ¡Corre!

Los hombres del pueblo les pisaban los talones. Tom echó un rápido vistazo por encima del hombro. Raymond iba delante, agitando los puños. Las mangas de su camisa se movían, mostrando las cicatrices que *Sigilo* le había hecho en los brazos.

—¡Más rápido! —jadeó Tom—. ¡Se están acercando!

Mientras él y Elena corrían por las calles del pueblo en dirección al camino que daba a los túneles, Tom oyó el ruido de unos cascos de caballo y el aullido de un lobo. *Tormenta* apareció galopando entre los árboles con *Plata* trotando a su lado.

—¡Sabía que no nos abandonarían! —gritó aliviado.

Cuando *Tormenta* se acercó, Tom se agarró a sus crines y saltó a la silla sin dejar de correr. Elena seguía corriendo a su lado. Su amigo alargó la mano para ayudarla a subir a la montura detrás de él. Dejaron atrás a los hombres del pueblo y se dirigieron a los túneles, con *Plata* ladrando animadamente detrás.

Una vez que llegaron a la entrada del túnel más grande, Tom tiró de las riendas e hizo que *Tormenta* se detuviera. Él y Elena se bajaron.

—Bien hecho, muchacho. —Tom le dio una palmadita al caballo en el lomo—. ¡Llegasteis justo a tiempo!

El sol se estaba poniendo; los árboles formaban largas sombras y la boca del túnel estaba más oscura que nunca. Tom se acercó.

—Espero que no nos equivoquemos y este pasadizo nos lleve a la Fiera —dijo.

—Ahora sí que necesitamos esas velas —dijo Elena asomándose a la oscuridad.

El chico sacó un par de velas del bolsillo. Elena abrió la base de su carcaj y cogió un pedernal; frotó la punta de una flecha con él y consiguió hacer una chispa y encender la mecha de la vela. Las llamas de las velas formaban un círculo de luz amarilla mientras Tom y Elena se adentraban en el túnel.

Tom oyó unas pisadas por fuera y se volvió; Raymond y los otros hombres aparecieron por una curva del camino.

—¡Vamos, rápido! —apremió a Elena.

Con la vela en una mano y las riendas de *Tormenta* en la otra, el muchacho se metió por el oscuro pasadizo. Elena lo seguía con *Plata* en los talones. El lobo no dejaba de mirar hacia atrás y aullar al oír a los hombres que los perseguían. Sus aullidos resonaban en el túnel.

Las llamas de las velas se movían y for-

maban sombras en las paredes del túnel mientras Tom y sus amigos seguían avanzando. *Tormenta* intentaba esquivar las piedras sueltas del suelo y el sonido de sus cascos repiqueteaba con fuerza en el estrecho pasadizo.

Tom se detuvo un momento para escuchar.

—Ya no oigo a la gente del pueblo.

—Bien. —Elena acarició la cabeza de su lobo—. Creo que *Plata* los ha asustado.

A pesar de haberse librado de los malvados hombres, Tom siguió avanzando a buena marcha. No debían perder ni un minuto mientras *Sigilo* siguiera acechando las calles de su querida ciudad.

—¿Por dónde vamos? —preguntó Elena al llegar a una bifurcación en el pasadizo.

Tom dudó, después eligió el túnel de la derecha.

—Creo que todavía me acuerdo del camino desde la otra vez —dijo.

Siguió en cabeza y bajaron unas pendientes rocosas con el techo tan bajo que *Tormenta* apenas cabía. Las velas se habían consumido, así que tuvieron que detenerse para encender otras dos.

Muy pronto, oyeron el ruido de una cascada de agua, y las llamas de las velas iluminaron un arroyo, que salía de una roca situada por encima de ellos y caía a una piscina que había más abajo.

—Me acuerdo de esto —dijo Elena. Puso la vela encima de una roca y con las manos cogió un poco de agua para beber—. ¡Qué rica! ¡Está muy fría!

Su amigo también bebió y se mojó la cara, mientras *Tormenta* y *Plata* bajaban la cabeza para saciar su sed.

Continuaron su camino y el túnel empezó a inclinarse hacia arriba. Tom se dio cuenta de que estaban llegando a las cuevas de las colinas que dominaban la ciudad. Sintió una sensación de emoción en el estómago. Desenvainó la espada y la puso por delante por si se encontraban cara a cara con *Sigilo*.

Los chicos treparon por una escalera de piedras.

—¡Hemos llegado! —exclamó Elena con una sonrisa de satisfacción.

La escalera daba a otra cueva; Tom vio el contorno irregular de la salida contra el cielo estrellado.

Salieron a la colina y Tom estaba a punto de apagar la vela cuando vio unas huellas en el suelo, justo delante de él. Se agachó y acercó la vela para observarlas bajo la luz dorada. Elena se acercó y se asomó por encima de su hombro.

—Son huellas de garras —susurró el muchacho. Un escalofrío de terror le recorrió la espalda—. Son enormes, como las que vi en el pueblo. *Sigilo* debe de estar esperándonos.

CAPÍTULO SEIS

ENCERRADO

Tom se detuvo delante de las murallas de la ciudad. Las puertas estaban abiertas y al otro lado se veía la calle oscura y tranquila.

—¿Dónde están los guardas? —preguntó Elena con los ojos muy abiertos mirando a su alrededor.

—No lo sé. —El chico sentía que el corazón le latía con fuerza al atravesar las puertas—. ¿Y dónde se ha metido la gente?

A esas horas, las calles de la ciudad solían estar llenas de puestos del mercado, con sus lámparas iluminando con fuerza la fruta y los quesos o el pan recién hecho y las galletas. Normalmente había gente comprando y charlando mientras los niños correteaban entre los puestos. Pero ese día no había luces ni voces ni risas. Todas las puertas y ventanas estaban cerradas.

Los cascos de *Tormenta* resonaban en los adoquines mientras Tom lo guiaba por las calles. *Plata* corría cerca de Elena, con el hocico levantado olfateando el aire. Tenía los pelos del lomo erizados como si sintiera la presencia del enemigo, a pesar de que no se veía nada.

—Parece una ciudad fantasma —susurró Elena.

—O una ciudad gobernada por una Fiera Fantasma —añadió su amigo muy serio.

Al volver una esquina, el chico vio dos destellos de luz esmeralda. *Plata* emitió un gruñido bajo. Tom agarró la empuñadura de su espada, pero al desenvainar el arma, las luces de color esmeralda desaparecieron en la noche.

El muchacho tembló.

—Creo que acabamos de ver a *Sigilo*.

Elena asintió mirando con miedo a su alrededor.

—¿Dónde se ha metido?

—No lo sé. Pero será mejor que mantengamos los ojos bien abiertos.

En cuanto Tom dejó de hablar, un gruñido amenazador cortó el aire detrás de él. Se dio la vuelta. ¿Cómo podía haber llegado hasta allí la Fiera tan rápidamente? Miró de un lado a otro, con la espada preparada, pero en la oscuridad no se distinguía ningún movimiento.

—A esta Fiera se le da muy bien esconderse —apreció Elena.

Tom asintió.

—Pero no es una Fiera cobarde —dijo—. Saldrá a la vista cuando esté preparada.

Sólo de pensar que los estaba acechando la Fiera Fantasma, a Tom se le pusieron los pelos de punta, pero siguió avanzando con paso decidido hacia el palacio.

—Tenemos que asegurarnos de que el rey Hugo y el Brujo Aduro están a salvo —dijo.

La calle por la que iban desembocaba en una plaza que estaba delante del palacio. Las puertas que daban al patio del palacio estaban abiertas, al igual que las de la ciudad.

—Aquí tampoco hay guardias —murmuró Elena.

Atravesaron las puertas y no vieron ninguna luz, pero al acercarse al palacio, les pareció ver la luz de una lámpara que parpadeaba en una ventana justo por encima de la puerta principal. Tom miró hacia arriba y vio al rey Hugo asomado. Tenía la cara pálida como un fantasma.

—¡Saludos, Majestad! —gritó Tom aliviado al ver que el rey seguía vivo.

El rey Hugo no contestó. Se quedó mirando a los dos amigos como si les tuviera miedo.

Preocupado, Tom intentó empujar la

puerta principal del palacio; sin embargo, estaba cerrada. Movió la aldaba, pero no consiguió que se moviera. ¡La puerta estaba cerrada con llave!

—Por favor, Majestad, dejadnos entrar —le dijo al rey—. Traemos noticias.

De nuevo, el rey Hugo no contestó. Tom intercambió una mirada de duda con Elena. No lo entendía. Nunca antes le habían negado la entrada al palacio.

Otra persona apareció al lado del rey Hugo y se asomó por la ventana.

—¡Padre! —gritó Tom al reconocer a Taladón.

Taladón tampoco habló. Al cabo de un rato, movió la cabeza con tristeza y se alejó de la ventana.

—Padre, ¿qué ocurre? —preguntó Tom. Sentía como si el suelo se hubiera abierto por debajo de sus pies. El hecho de que su padre le diera la espalda así indicaba que algo grave estaba pasando.

Tom tenía que descubrir lo que estaba sucediendo.

Taladón no volvió a aparecer, pero el rey Hugo abrió la ventana y se asomó.

—Lo siento, Tom —dijo—. No os puedo dejar entrar. *Sigilo* ha estado haciendo estragos en la ciudad. Cada vez que araña a alguien lo convierte en un ser malvado. No nos podemos fiar de nadie. —El rey dudó durante un momento—. Ni siquiera estoy seguro de que pueda confiar en ti o en Elena —continuó—. Levantaos las mangas y dejadme ver si tenéis algún arañazo de pantera.

Tom dudó. De pronto notó la mano de Elena en su brazo.

—El rey Hugo tiene razón —susurró Elena—. Acuérdate de lo que nos pasó cuando confiamos en los habitantes de Piedradura y lo fácil que les resultó encerrarnos. El rey está haciendo lo único que puede: proteger el último santuario de Avantia. Si la maldad entra en el palacio, todo estará perdido.

Tom soltó un gran suspiro. Elena tenía razón. Si Avantia era gobernada por un rey malvado, se habrían perdido todas las esperanzas. Pero todavía le dolía ver que el rey, al que tanto apreciaba y servía, no se fiara de él.

Arremangarse y mostrarle los brazos no serviría de nada. *Sigilo* podía haberlos arañado en cualquier parte del cuerpo.

—Lo entiendo, Majestad —contestó Tom—. Sólo decidme una cosa, ¿está a salvo el Brujo Aduro?

Sintió una presión en el estómago al imaginarse a *Sigilo* arañando al buen brujo y convirtiéndolo en otro Malvel.

El rey Hugo asintió.

—Sí, está a salvo —contestó—. Pero su magia no puede deshacer el trabajo de la Fiera.

Tom hizo una reverencia y se alejó del

rey. Después atravesó las puertas del palacio una vez más, seguido de Elena y sus amigos animales, y se detuvo al oír otro gruñido fantasmal en la plaza vacía. En algún lugar ahí fuera, la Fiera acechaba las calles de la ciudad. Y Tom sabía que su trabajo era vencerla.

—Mientras corra la sangre por mis venas, pienso salvar a Avantia —prometió.

LAS GARRAS DE SIGILO

Tom y Elena avanzaron entre la luz y las sombras mientras las nubes pasaban por delante de la cara de la luna. Las calles de la ciudad estaban vacías, pero Tom sabía que *Sigilo* podía estar escondido en cualquier esquina, puerta o puesto abandonado del mercado.

Movió un barril lleno de basura para ver qué había detrás, pero sólo descubrió una rata que se esfumó rápidamente. Al otro lado de la calle, Elena se asomó a una escalera que bajaba al sótano de alguien.

—¡Aquí no hay nada! —dijo suavemente.

Tom siguió alejándose del palacio manteniendo la espada en alto. Estaba alerta por si veía el destello de los ojos esmeralda u oía el sonido de un rugido perverso. Pero no había rastro de la Fiera Fantasma.

De pronto, oyeron el ruido de una puerta que se abría. Unas fuertes voces hicieron eco en el aire y se oyó el ruido de unas pisadas que se acercaban rápidamente.

Elena tiró a su amigo del brazo.

—Rápido, ¡escóndete!

Tom llevó a *Tormenta* hasta la entrada de un callejón estrecho; Elena y *Plata* lo siguieron y se apretaron contra la pared. Tom se asomó entre las sombras y vio a un grupo de hombres y mujeres que aparecía a la vuelta de la esquina.

Iban vestidos con ropas sucias y andrajosas. Tom notó que algunos de ellos tenían cicatrices de los arañazos de *Sigilo*. Todos llevaban armas: cuchillos, martillos y mazos. Sus ojos parecían brillar de rabia mientras pasaban por delante de la boca del callejón. Daban golpes en las puertas cerradas y cogían piedras de la calle para tirarlas contra las ventanas. Tom observó a un hombre que se asomaba desde una de las casas, abría los ojos muerto de miedo y cerraba las contraventanas.

El muchacho se sintió enfermo al ver la escena. Los arañazos de *Sigilo* habían cambiado a personas que antes eran normales. Apretó la empuñadura de su espada, más decidido que nunca a encontrar a la pantera fantasma y vencerla.

Elena le puso una mano en el hombro para consolarlo.

—A lo mejor vuelven a ser como eran cuando *Sigilo* muera —aventuró.

Salieron del callejón y siguieron con su búsqueda, pero la ciudad había vuelto a quedarse en silencio y *Sigilo* no volvió a aparecer.

—Es inútil —dijo por fin Tom, deteniéndose en una esquina donde había una posada—. Pronto amanecerá y entonces ¿qué haremos? Es peligroso quedarse en la ciudad en plena luz del día.

—¿Es que no te parece peligroso estar aquí ahora? —Elena torció la boca en una risa forzada—. ¿Qué la pasa a *Plata*? —añadió. El lobo tenía el hocico levantado y olía el aire con el pelo del lomo erizado—. ¿Estás oliendo algo, muchacho?

Alertado, Tom se dio la vuelta. En ese mismo instante, un rugido muy fuerte rompió el silencio. Una figura enorme y negra se lanzó desde el tejado de la posada. La posición de alerta de *Plata* le dio al chico los segundos que necesitaba para apartarse del camino.

Sigilo aterrizó sobre los adoquines y jadeó ligeramente mientras clavaba la mirada de sus ojos verde esmeralda en Tom. Mostró sus colmillos blancos.

Tom oyó un rugido que salía de la garganta de *Plata*. El lobo tenía todo el pelo erizado y los músculos en tensión, listo

para lanzarse contra la feroz pantera. *Sigilo* se alzaba ante ellos, mostrando las uñas y preparado para atacar.

—Elena, quédate atrás —avisó a su amiga—. No dejes que *Plata* ni *Tormenta* se acerquen.

«¿Qué pasaría si mis amigos se volvieran malvados?», pensó horrorizado.

—¡*Plata*! —llamó Elena con voz de mando—. *Plata*, ven aquí. No puedes hacer nada.

El lobo gris soltó un aullido de protesta, pero obedeció a la muchacha y la siguió.

Tom sabía que su amiga estaba llevando a *Plata* y a *Tormenta* al callejón que había cerca de la posada y no apartó la vista de la Fiera Fantasma. Nunca había visto algo así.

Los verdes ojos de *Sigilo* destellaban como esmeraldas. Sus garras brillaban. Sus inmensas orejas se movían de delante atrás ante el más mínimo sonido. Pero lo que hizo que a Tom se le congelara la sangre fueron las tres colas de la Fiera, que cortaban el aire como látigos.

La pantera llevaba un collar en el cuello del que colgaba una pieza plateada. Al verla, a Tom le empezó a latir el corazón más rápido. ¡El último trozo del Amuleto de Avantia! Si conseguía recuperarlo, habría finalizado su Búsqueda y su padre dejaría de ser un fantasma.

Tom sabía que no podía arriesgarse a acercarse a las garras ni a las colas de *Sigilo*. Levantó la espada y la lanzó dando vueltas por el aire y haciendo un arco. *Sigilo* se agachó para darse impulso y abalanzarse sobre Tom, pero antes de que pudiera saltar, la espada descendió y le tajó una de las colas para después caer haciendo ruido sobre los adoquines.

De la herida empezó a salir un chorro

de sangre negra como la tinta y la pantera lanzó un rugido de rabia y dolor. Tom abrió los ojos al ver cómo la Fiera se convertía en un fantasma. Su cuerpo se transformaba en un humo negro rodeado de una luz brillante de color escarlata.

«¡No! —pensó—. *Sigilo* se está haciendo fantasma para esconderse de mí. ¿Cómo voy a vencer a una Fiera que no puedo ver?»

Tom salió disparado para recuperar su espada. Inmediatamente, la pantera se volvió de carne y hueso rugiendo con furia.

—¡No me das miedo, *Sigilo*! —gritó Tom valientemente.

La pantera se agazapó sobre los adoquines, lista para saltar. Tom se encontraba entre la Fiera y la fachada de la posada. La espada estaba fuera de su alcance, casi debajo de las garras de *Sigilo*.

Una flecha salió disparada por el aire detrás de él y se clavó entre los ojos de la pantera. *Sigilo* movió la cabeza con un rugido de rabia, dándole a Tom la oportunidad de recuperar la espada y apartarse de su camino.

—¡Gracias, Elena! —gritó mientras su amiga disparaba otra flecha que se clavó en el hombro de la Fiera.

Sigilo mostró sus colmillos amenaza-

doramente. Tom sabía que estaba preparándose para la venganza. La Fiera pegó un gran salto en el aire y su inmensa sombra negra cubrió al chico. En el último segundo, Tom se echó a un lado.

Pero ya no tenía el poder especial que le permitía dar grandes saltos. Cuando sus pies chocaron contra los adoquines irregulares, se tambaleó, cayó mal y se quedó sin aliento.

«Debo alejarme —pensó medio aturdido—. Debo...»

Pero su cuerpo no respondía. Incapaz de moverse, vio con horror cómo *Sigilo* estiraba una garra, mostrando las uñas, listo para el ataque.

CAPÍTULO OCHO

ELENA AL RESCATE

—¡No! —gritó Elena.

Antes de que la garra de la Fiera cayera sobre el brazo de Tom, el chico vio que su amiga ponía otra flecha en el arco.

—¡No te acerques demasiado! —exclamó.

Elena disparó la flecha; le dio a *Sigilo* en la parte de atrás del cuello y se quedó ahí clavada. La Fiera Fantasma rugía y retorcía la cabeza mientras abría la boca para intentar coger la flecha y arrancársela.

La muchacha corrió hacia donde estaba su amigo y lo agarró por el brazo. Tiró de él para ayudarlo a ponerse de pie y lo llevó a un lugar fuera del alcance de *Sigilo*.

—¡Gracias! —jadeó Tom.

Sentía escalofríos por todo el cuerpo sólo de pensar en lo que le habría podido pasar si su amiga no hubiera sido tan rápida. Se habría vuelto malvado y... habría desaparecido la última esperanza de Avantia.

—Necesitamos un plan —le dijo a Elena—. No puedo arriesgarme a acercarme demasiado.

Ella asintió, pero no contestó; seguía observando a la Fiera rabiosa con el arco levantado y otra flecha preparada en la cuerda.

Tom recordó cómo se había columpiado por el aire para escapar de la cabaña de Piedradura.

«¡Eso es! —se dijo a sí mismo—. ¡Necesito una cuerda!» Si podía atrapar a *Sigilo* con la cuerda y subirse a su lomo, la Fiera no podría arañarlo con sus garras. «Si lo consigo, podría quitarle el trozo del amuleto del collar», pensó.

Miró a su alrededor y vio un montón de barriles apilados contra una pared de la posada, unidos por un trozo de cuerda. Envainó su espada y salió hacia allí. Intentó desesperadamente deshacer los nudos.

Por detrás oyó un rugido triunfante y cuando miró por encima del hombro vio que *Sigilo* había conseguido quitarse la flecha del hombro. Sus brillantes dientes despedazaron la madera en unos segundos.

«¡Tengo que desatar esta cuerda ahora mismo!», pensó Tom.

Sigilo volvió a agazaparse y a gruñir, listo para volver a atacar al chico. En ese mismo instante, éste consiguió aflojar el nudo y coger la cuerda que ataba los barriles.

Rápidamente hizo un nudo corredizo. Mientras *Sigilo* iba hacia él, Tom se agachó y la inmensa pantera saltó por encima de él. Después se dio la vuelta para enfrentarse al muchacho.

Tom lanzó el lazo al aire y empezó a dar vueltas a la cuerda. La Fiera Fantasma intentó pegar un zarpazo, pero era tan grande que le costaba moverse en el estrecho callejón.

—Retrocede —le ordenó Tom a Elena—. Necesitamos más espacio. Si tenemos que pelear, lo haremos de un modo justo.

Con la mirada fija en la pantera, oyó los pasos de Elena, que se llevaba a *Tormenta*, y las pisadas de *Plata* en los adoquines. Tom los siguió, andando hacia atrás y dando vueltas al lazo sobre su cabeza. *Sigilo* avanzaba hacia ellos, rozando con sus colas las paredes del callejón.

Una vez afuera, Tom se dio cuenta de que mientras estaban buscando a *Sigilo* por la ciudad, él y Elena habían andado en círculo a través de las calles. Ahora volvían a estar en la plaza principal, no muy lejos de las puertas del palacio.

Echó un vistazo al palacio y vio que desde una de las ventanas lo observaban en silencio el rey Hugo, el Brujo Aduro y su padre, Taladón.

«Debe de ser la primera vez que me ven así —pensó Tom—. Sólo espero salir victorioso de ésta.»

Sigilo también había salido del callejón y se acercaba por la plaza hacia Tom. El chico daba vueltas al lazo mientras pensaba cuál sería el mejor momento para lanzarlo.

—¡Tom, ten cuidado! —La voz de Elena tenía un tono de alarma.

El muchacho notó que *Sigilo* se había dado cuenta de lo que quería hacer. La Fiera había hecho su propio lazo con una de sus colas y la levantaba dando vueltas.

«Si me atrapa, todo estará perdido

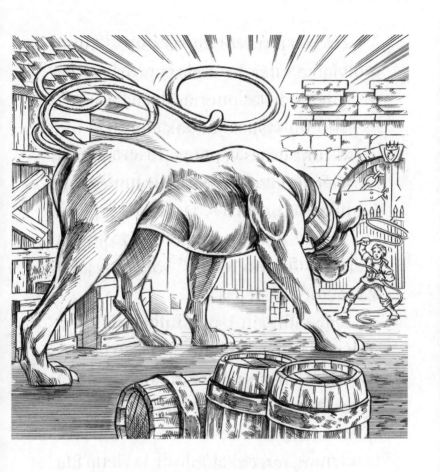

—se dijo Tom a sí mismo—. ¡Es ahora o nunca!»

Tenía que lanzar su lazo a la Fiera antes de que ella lo hiciera. Notó que el cuerpo de *Sigilo* volvía a adquirir gradualmente su forma fantasma.

«¡Tengo que atraparlo antes de que cambie!», pensó. Lanzó la cuerda haciendo un arco por el aire hacia la pantera. Al mismo tiempo, Elena empezó a disparar flechas a las patas traseras de la Fiera. *Sigilo* giró la cabeza y le mostró los colmillos a la muchacha. La Fiera ahora era medio fantasma, pero Tom podía verla lo suficientemente bien como para apuntar.

—¡Sí! —El grito de triunfo de Tom resonó por la plaza mientras el lazo rodeaba perfectamente la cabeza de la Fiera Fantasma.

Tiró con fuerza de la cuerda para apretar el nudo y corrió al lado de la Fiera. Era evidente que con tanta distracción, *Sigilo* no podía concentrarse en convertirse en fantasma y había vuelto a su forma sólida. Tom se agarró al collar de la pantera con una mano y consiguió subir a su lomo. La Fiera luchaba para quitarle la cuerda al chico, pero éste la sujetaba con fuerza.

Sigilo intentaba girar la cabeza para clavarle los colmillos a Tom, pero cada vez que conseguía acercarse, el muchacho se movía por su lomo para apartarse. La cuerda le quemaba las manos mientras intentaba sujetarla y no caerse.

Por fin, Tom se sentó encima de *Sigilo*, volvió a desenvainar su espada y cogió la cuerda con la otra mano. Después se puso de pie, pero casi pierde el equilibrio cuando la Fiera se levantó sobre sus patas traseras para intentar quitárselo de encima. El pelaje negro y brillante de la pantera era resbaladizo como el hielo, pero el chico consiguió mantenerse agarrado a la cuerda y avanzar por su lomo hasta tener el collar al alcance de la mano.

Con una sola estocada, Tom cortó el collar, que cayó ruidosamente contra el suelo. El trozo del amuleto rebotó en los adoquines de la plaza.

Sigilo lanzó un último rugido de rabia y dolor.

En ese mismo instante, una gran ráfaga helada atravesó la plaza. Delante de

Tom se empezó a formar una nube rojiza que daba vueltas, y un grito de rabia
retronó en el aire.

—¡Nooooooo!

Tom reconoció la voz.

¡Malvel!

CAPÍTULO NUEVE

LA PELEA CON EL BRUJO

Tom bajó por la pata trasera de *Sigilo* hasta el suelo. La Fiera mostró los dientes y empezó a tirar de la cuerda para liberarse. La nube rojiza se hizo más densa y el Brujo Malvel salió de ella. Sus ojos hundidos brillaban de furia. Mientras su túnica oscura se movía como las alas de un halcón, se acercó a coger el collar que tenía el último trozo del amuleto.

Pero Tom fue más rápido que él. Salió corriendo y le dio una patada al collar para ponerlo fuera del alcance de Malvel y le puso la espada en la garganta. El brujo malvado retrocedió, con rabia y miedo en los ojos.

Mientras Tom intentaba seguirlo, *Sigilo* se metió entre ellos. Una vez más empezaba a hacerse fantasma, aunque Tom todavía podía ver su contorno semitransparente.

El chico intentó meterse entre las patas de la pantera para llegar a Malvel, pero la bestia se movió para bloquearle el camino. El brazo estirado de Tom atravesó el cuerpo humoso de la Fiera. El contacto helado con su cuerpo fantasmal hizo que al muchacho se le entumeciera el brazo y retrocedió tambaleándose, con apenas fuerzas para sujetar su espada.

Se recuperó rápidamente e intentó dar otra estacada a Malvel, pero una vez más, *Sigilo* se puso en medio.

«¡Esta Fiera es demasiado lista!», pensó Tom enfadado.

El brujo levantó las manos, listo para lanzar un conjuro. El chico tembló mientras Malvel empezaba a canturrear con una voz de trueno. ¡Sabía que no podía hacer nada ante su magia!

Se preparó para pegar un salto desesperado hacia el malvado brujo. Pero justo entonces, oyó la voz de Elena.

—¡Tom! ¡Aquí! ¡Toma!

La muchacha había cogido el collar de *Sigilo* del suelo. Se lo lanzó a su amigo, que lo cogió con su mano libre. Se sentía triunfante. ¡Ya tenía todos los trozos del Amuleto de Avantia!

En cuanto la mano de Tom se cerró alrededor del collar, una luz deslumbrante empezó a emanar del trozo plateado, formando una órbita protectora a su alrededor. Un fuego morado salió de los dedos de Malvel, pero en cuanto

chocó con la órbita, rebotó y desapareció.

El brujo soltó un grito de rabia al ver como su conjuro había fallado. Tom salió disparado hacia adelante.

—¡Por Avantia! —gritó, blandiendo su espada en el aire. Malvel saltó y se apartó, pero la punta de la espada de Tom consiguió alcanzarlo y hacerle un buen corte en la mejilla.

El malvado brujo gritaba de dolor y furia.

—¡Te arrepentirás, niño!

Antes de que Tom pudiera volver a atacar, Malvel regresó a la nube y ésta explotó con una luz dorada. El chico tuvo que protegerse los ojos. La órbita plateada que lo había protegido también desapareció.

Sigilo, que seguía siendo un fantasma, se dio la vuelta para atacarlo. Tom agarró la espada con fuerza y se preparó para luchar. Pero la silueta semitransparente de la pantera empezó a desvanecerse. El muchacho oyó el último eco de un rugido mientras *Sigilo* desaparecía completamente.

Tom, jadeante, se quedó observando el lugar por donde había desaparecido la Fiera Fantasma.

—Se ha ido —dijo con voz ronca—. *Sigilo* ha desaparecido para siempre.

Elena corrió a su lado, con *Plata* y *Tormenta* cerca.

—¡Tom, has estado genial!

—No habría podido conseguirlo si no me hubieras tirado el trozo del amuleto —contestó él—. Y en realidad sólo he herido a Malvel. Ese corte no lo va a matar.

—Tienes razón, niño. —La voz de Malvel se oyó desde el vacío—. Nuestra lucha no ha llegado ni mucho menos a su fin. ¡Volveré!

—¡Bien! —contestó Tom—. ¡Te estaré esperando!

Recordando la cara de rabia y frustración del brujo malvado al ver que estaba herido, Tom se sentía mucho más valiente. Había conseguido herir a Malvel, ¡y ahora sabía que podría matarlo! Si volvía a enfrentarse a él, conocía muchas más cosas de su enemigo. Pero ya tendría tiempo para pensar en eso otro día. Se volvió hacia Elena y dijo:

—¡Hemos terminado nuestra Búsqueda! Y ahora por fin puedo conocer a mi padre en persona.

CAPÍTULO DIEZ

¿DE VUELTA A ERRINEL?

Tomo oyó un grito detrás de él. Se dio la vuelta, con la espada en alto, listo para otra pelea.

Los ciudadanos de Avantia estaban abriendo las puertas y ventanas de las casas de la plaza. Salían a las calles riendo y dando gritos de júbilo mientras rodeaban a Tom y a Elena.

—¡Somos libres!

—¡Buen trabajo! ¡Has matado a la Fiera!

Tom envainó su espada, medio abrumado por toda aquella gente que quería darle la mano o una palmada en la espalda. Puso el collar con la última pieza del amuleto en el bolsillo por si lo perdía entre la multitud.

—Hice lo que tenía que hacer —dijo—. No podía haberlo conseguido sin Elena.

Ella sonrió y se sonrojó por el cumplido.

Entonces la gente se quedó callada y retrocedió. Tom vio que la puerta del palacio se había abierto y que el rey Hugo avanzaba por la plaza hacia él. El chico empezó a arrodillarse al verlo, pero el rey Hugo lo cogió por los hombros y lo abrazó.

—¡Has salvado a Avantia! —exclamó. Después lo soltó y añadió—: Siento no haberte dejado entrar en el palacio. Era demasiado arriesgado.

—Lo entiendo —contestó Tom—. Sólo intentabas proteger el reino.

Con un brazo alrededor de sus hombros, el rey Hugo llevó a Tom de vuelta al palacio. Elena los siguió llevando a *Tormenta* y a *Plata* a su lado.

Una luz dorada brillaba sobre el tejado del edificio, mostrando el lugar por donde saldría el sol. La perversidad del Brujo Malvel había desaparecido con la noche.

Una vez en el patio del palacio, un sirviente se acercó y llevó a *Tormenta* para que lo limpiaran y le dieran de comer, mientras el rey llevaba a Tom y a Elena adentro. *Plata* trotaba en silencio detrás.

El rey Hugo condujo a los dos amigos por una escalera y después por un pasillo de piedra que daba a una puerta tachonada con clavos de bronce.

—Ésta es la sala de armas —la reconoció Tom.

—Así es —dijo el rey—, y el final de tu Búsqueda tendrá lugar aquí.

Tom lo siguió hasta la sala. Había estado allí cuando empezó su segunda Búsqueda de Fieras y recuperó la armadura dorada. Recordaba las paredes de piedra y las antorchas en sus ganchos de metal, y el perchero de madera para la armadura dorada que había en medio de la habitación.

El maestro de armas del rey Hugo estaba al lado del perchero. Sonrió al ver a Tom y a Elena.

—Bienvenidos de vuelta —dijo. Su halcón mascota sacó la cabeza por el bolsillo y añadió un chillido amistoso.

Plata lanzó un gemido al ver a la pequeña criatura y Elena le puso la mano en el cuello.

—No pasa nada, muchacho —murmuró—. Es amigo.

El Brujo Aduro dio unos pasos al frente.

—Buen trabajo, Tom —dijo—. Tu valor ha salvado a Avantia una vez más.

Avergonzado, el chico intercambió una mirada con Elena.

—Lo conseguimos juntos.

—Y ahora debes terminar tu Búsqueda —continuó Aduro—. Ven.

Le hizo un gesto para que se acercara a una pequeña mesa que había cerca de la pared con un cojín de terciopelo color carmesí encima.

—Éste es el lugar donde debe descansar el Amuleto de Avantia —dijo el brujo.

Tom se quitó la tira de cuero que llevaba alrededor del cuello y con mucho cuidado depositó el amuleto sobre el cojín. Después sacó el collar de *Sigilo* de su bolsillo y le quitó el último trozo plateado. Lo encajó cuidadosamente en el hueco del amuleto.

Una luz plateada llenó la habitación y deslumbró a Tom. El muchacho oyó un grito de sorpresa de Elena.

Cuando la luz se apagó, Tom vio que

el Amuleto de Avantia volvía a estar completo. Respiró satisfecho.

«Eso es lo que quiso decir el Brujo Aduro. Ahora mi Búsqueda ya está completa.»

—¡Tom, mira! —exclamó Elena.

El chico se volvió para ver que la armadura dorada había vuelto a aparecer en su perchero de madera. El maestro

de armas ya había sacado un pañuelo y pulía la brillante pechera.

Entonces, un hombre salió de detrás de la armadura dorada. Tom se quedó sin respiración al reconocer a su padre, Taladón. Jamás lo había visto con ese aspecto. Parecía más alto y más corpulento que nunca; le brillaban los ojos y tenía las mejillas rosadas en señal de buena salud.

Rodeó a su hijo con los brazos. Esta vez, Tom sintió su calidez y fuerza. Era exactamente así como había soñado conocer a su padre.

—Enhorabuena, Tom —dijo Taladón retrocediendo unos pasos—. Estoy orgulloso de los dos. Sabía que no fracasaríais.

—Todo Avantia les debe dar las gracias —dijo el Brujo Aduro.

El rey Hugo salió de la sala de armas y volvió por la escalera hasta la sala del trono, seguido de todos. Las ventanas del balcón estaban abiertas y Tom oía a la multitud en la plaza.

—Vamos, Taladón —dijo el rey Hugo—. Debo anunciar tu regreso.

El ruido de la multitud se convirtió en una gran ovación cuando Taladón y el

rey Hugo se asomaron al balcón. Tom y Elena los siguieron con *Plata* cerca de la muchacha.

La luz de la mañana iluminaba la plaza, y la gente seguía gritando desde todas las direcciones. El rey Hugo levantó las manos para que se hiciera el silencio, pero la gente todavía tardó un buen rato en callarse.

—Buenos ciudadanos de Avantia —empezó a decir—. Os traigo grandes noticias. El verdadero Maestro de las Fieras, Taladón el rápido, ha regresado.

El aludido dio un paso al frente para hacer una reverencia y la gente enloqueció, saludando, vitoreando y tirando los sombreros al aire.

—Ahora que Taladón está aquí, ¿qué vas a hacer? —le preguntó Elena a Tom mientras su padre saludaba a la multitud.

Tom oyó unas pisadas detrás de él y se

volvió para ver al Brujo Aduro que lo observaba detenidamente con una ligera sonrisa en la boca.

—¿Estás contento de haber finalizado tu viaje? —preguntó—. ¿Quieres volver a tu pueblo de Errinel?

Tom abrió la boca para contestar y se detuvo. Había echado mucho de menos su pueblo y quería volver a ver a sus tíos, pero le costaba imaginarse cómo se iba a adaptar de nuevo a la vida en la forja.

Algo en la voz de Aduro o en el brillo de sus ojos hizo que sintiera un cosquilleo en la espalda.

—No voy a regresar a Errinel, ¿verdad?

Aduro movió la cabeza. Mientras el júbilo de la multitud resonaba en sus oídos, el buen brujo guió a Tom y a Elena hacia las sombras de la sala del trono.

—Tendrás tiempo para estar con tu

padre —prometió el buen brujo—. Pero después, debéis ir a otro lugar. —Dobló un dedo—. Seguidme. Tengo algo que mostraros... Las Búsquedas más difíciles os esperan.

Tom intercambió una mirada con su amiga. Ignoraba lo que iba a decir el Brujo Aduro, pero sabía que su destino era encontrarse con nuevos peligros. Se le aceleró la respiración y tembló con una mezcla de miedo y emoción.

«¿Estoy listo?», se preguntó.

A su lado, a Elena le brillaban los ojos y *Plata* ladeaba la cabeza como si estuviera dispuesto a salir inmediatamente.

«¡Sí! —Tom echó hacia atrás los hombros sintiéndose triunfante—. ¡Mientras la sangre corra por mis venas, serviré a Avantia!»

ACOMPAÑA A TOM EN SU SIGUIENTE AVENTURA DE *BUSCAFIERAS*

Enfréntate a las Fieras.
Vence a la Magia.

www.buscafieras.es

¡Entra en la web de *Buscafieras*!

Encontrarás información sobre cada uno de los libros,
promociones, animación y las últimas novedades sobre
esta colección.

Fíjate bien en los cromos coleccionables que regalamos
en cada entrega. Cada uno de ellos tiene un código
secreto en el reverso que te permitirá tener acceso
a contenidos exclusivos dentro de la página
web de *Buscafieras*.

¿Ya tienes todos los cromos?
¡Atrévete a coleccionarlos todos!

¡Consigue la camiseta exclusiva de BUSCAFIERAS!

Sólo tienes que rellenar **4 formularios** como los que encontrarás al pie de esta página de **4 títulos distintos** de la colección Buscafieras. Envíanoslo a EDITORIAL PLANETA, S. A. Área Infantil y Juvenil, Departamento de Márketing (BUSCAFIERAS), Avda. Diagonal, 662-664, 6.ª planta, 08034 Barcelona

Promoción válida para las 1.000 primeras cartas recibidas.

Nombre del niño/niña: ....

Dirección: ....

Población: .... Código postal: ....

Teléfono: .... E-mail: ....

Nombre del padre/madre/tutor: ....

☐ Autorizo a mi hijo/hija a participar en esta promoción.

☐ Autorizo a Editorial Planeta, S. A. a enviar información sobre sus libros y/o promociones.

Firma del padre/madre/tutor:

BUSCAFIERAS
Nº 24
PRUEBA DE
COMPRA